U0053032

兒童文學叢書

·藝術家系列·

寂寞的天才
達文西之謎

嚴喆民／著

三民書局

國家圖書館出版品預行編目資料

寂寞的天才：達文西之謎／嚴喆民著.－－二版二刷.
－－臺北市：三民，2016
面；　公分.－－(兒童文學叢書・藝術家系列)

ISBN 978-957-14-2735-5 (精裝)

1. 達文西(Leonardo da Vinci, 1452-1519)－傳記－通俗作品

859.6

© 寂寞的天才
——達文西之謎

著作人	嚴喆民
發行人	劉振強
著作財產權人	三民書局股份有限公司
發行所	三民書局股份有限公司 地址　臺北市復興北路386號 電話　(02)25006600 郵撥帳號　0009998-5
門市部	(復北店) 臺北市復興北路386號 (重南店) 臺北市重慶南路一段61號
出版日期	初版一刷　1998年1月 二版一刷　2009年5月 二版二刷　2016年1月修正
編號	S 853781

行政院新聞局登記證局版臺業字第〇二〇〇號

有著作權・不准侵害

ISBN 978-957-14-2735-5 (精裝)

http://www.sanmin.com.tw 三民網路書店

※本書如有缺頁、破損或裝訂錯誤，請寄回本公司更換。

閱讀之旅

很早就聽說過藝術大師米開蘭基羅、梵谷、莫內、林布蘭、塞尚等人的名字；也欣賞過文學名家狄更斯、馬克・吐溫、安徒生、珍・奧斯汀與莎士比亞的作品。

可是有關他們的童年故事、成長過程、鮮為人知的家居生活，以及如何走上藝術、文學之路的許許多多有趣故事，卻是在主編了這一系列的童書之後，才有了完整的印象，尤其在每一位作者的用心創造與撰寫中，讀之趣味盈然，好像也分享了藝術豐富的創作生命。

為孩子們編書、寫書，一直是我們這一群旅居海外的作者共同的心願，這個心願，終於因為三民書局的劉振強董事長，有意出版一系列全新創作的童書而宿願得償。這也是我們對國內兒童的一點小小奉獻。

西洋文學家與藝術家的故事，以往大多為翻譯作品，而且在文字與內容上，忽略了以孩子為主的趣味性，因此難免艱深枯燥；所以我們決定以生動、活潑的童心童趣，用兒童文學的創作方式，以孩子為本位，輕輕鬆鬆的走入畫家與文豪的真實內在，讓小朋友們在閱讀之旅中，充分享受到藝術與文學的廣闊世界，也拓展了孩子們海闊天空的內在領域，進而能培養出自我的欣賞品味與創作能力。

這一套書的作者們，都和我一樣對兒童文學情有獨鍾，對文學、藝術更是始終懷有熱誠，我們從計畫、設計、撰寫、到出版，歷時兩年多才完成，在這之中，國內國外電傳、聯絡，就有厚厚一大冊，我們的心願卻只有一個——為孩子們寫下有趣味、又有文學性的好書。

當世界越來越多元化、商品化的今天，許多屬於精神層面的內涵，逐漸在消失、退隱。然而，我始終牢記心理學上，人性內在的需求——求安全、溫飽之後更高層面的精神生活。我們是否因為孩子小，就只給與溫飽與安全，而忽略了精神陶冶？文學與美學的豐盈世界，是否因為速食文化的盛行而消滅？這是值得做為父母的我

們省思的問題，也是決定寫這一系列童書的用心。

我想這也是三民書局不惜成本、不以金錢計較而決心出版此一系列童書的本意。在我們握筆創作的過程中，最常牽動我們心思的動力，就是希望孩子們有一個愉快的閱讀之旅，充滿童心童趣的童年，讓他們除了溫飽安全之外，從小就有豐富的精神食糧，與閱讀的經驗。

最令人傲以示人的是，這一套書的作者，全是一時之選，不僅在寫作上經驗豐富，在藝術上也學有專精，所以下筆創作，能深入淺出，饒然有趣，真正是老少皆喜，愛不釋手。譬如喻麗清，在散文與詩作上，素有才女之稱，在文壇上更擁有廣大的讀者群；陳永秀與羅珞珈，除了在兒童文學界皆得過獎外，翻譯、創作不斷，對藝術的研究與喜愛也是數十年如一日用功勤學；章瑛退休後專心研習水墨畫，還時常歐遊四處欣賞名畫；戴天禾有良好的國學素養，對藝術更是博聞廣見；另外兩位主修藝術的嚴喆民與莊惠瑾，除了對藝術學有專精外，對設計更有獨到心得。由這一群對藝術又懂又愛的人來執筆寫藝術大師的故事，不僅小朋友，我這個「老」朋友也讀之百遍從不厭倦。我真正感謝她們不惜時間、心血，投入為孩子寫作的行列，所以當她們對我「撒嬌」:「哇！比博士論文花的時間還多」時，我絕對相信，也更加由衷感謝，不僅為孩子，也為像我一樣喜歡藝術的大孩子們，可以欣賞到如此圖文並茂，又生動有趣的童書欣喜。當然，如果沒有三民書局的支持、用心仔細的編輯，這一套書是無法以如此完美的面貌出現的。

讓我們一起——老老小小共同享受閱讀之樂、文學藝術之美，也與孩子們一起留下美好的閱讀記憶。

簡宛

作者的話

小時候有一次翻閱西洋藝術畫冊，一眼看到達文西的〈自畫像〉就讓我非常感動，印象深刻。那時候並不知道畫裡的老人就是大名鼎鼎的藝術大師達文西，只是覺得那老人充滿情感，表情生動，栩栩如生，很想知道為什麼他看起來那樣寂寞、感傷。至於畫中老人是誰，我倒並未留意。我甚至花了一日一夜的時間臨摹這幅炭筆畫，想要學習畫人像畫的技巧。

後來學西洋藝術史，知道了達文西，才恍然大悟這幅〈自畫像〉原來就是他，也了解到達文西〈自畫像〉的歷史背景。這次為了寫達文西的故事，更讀了許多有關他的生平資料。我發現，達文西的確是寂寞感傷的，就如他給我的最初印象一樣。

達文西有超乎常人的智慧，一輩子走在時代的前端，不被當時人了解，甚至遭到譏嘲，難怪他有生不逢時的感嘆。達文西又執意選擇孤獨，對世俗情緣冷淡看待。他有滿腹才華，但是一生遭遇坎坷，落得寂寞以終，給後世留下許多謎，像他那些未完成的發明。如果達文西生在二十世紀，他會有多少成就呢？這也是一個無解的謎。

不論如何，我們應該心存感謝世界上畢竟曾經有過一位達文西，為我們留下〈蒙娜麗莎〉和〈最後的晚餐〉這兩幅名畫，也為我們留下一些永遠的問號和嘆息。

這次能有機會藉著寫達文西，而使我更加了解他一生的故事，我很高興，也很感謝推動出版這西洋藝術家系列的人。希望小讀者們看完達文西的故事，能有所啟示，更能深入了解、欣賞他的名畫。

嚴喆民

嚴喆民

在臺灣出生，初中畢業後即隨家人移居美國。在內華達大學主修電腦科學，之後在舊金山藝術學院主修美術設計，並獲得藝術學位畢業。畢業後應用電腦與美術專長，主要從事美術設計、電腦字體設計等工作。近年來專心從事編輯、中英文翻譯與出版工作。目前定居北加州灣區。

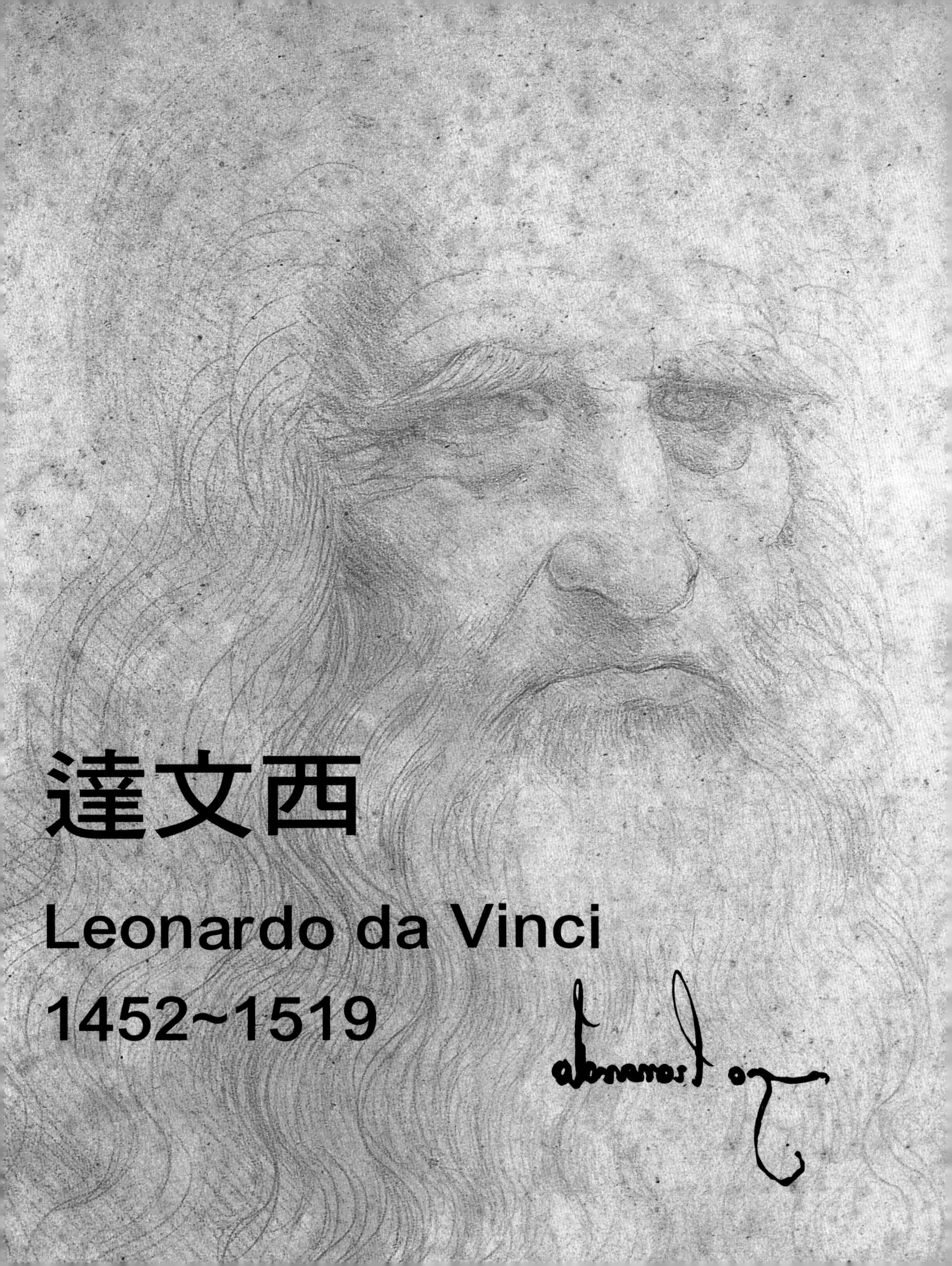

達文西

Leonardo da Vinci

1452~1519

義大利曾有過一段聞名的文藝復興時期，那是人類文明史上的一個高峰。那時候出了許多有名的藝術家，其中最有名的象徵人物就是達文西。〈蒙娜麗莎〉和〈最後的晚餐〉這兩幅世界名畫，相信大家都知道吧？就是達文西的作品。這兩幅畫大概是世界上最出名，也是被抄襲模仿最多的名畫了。

五百年來大家一致公認，達文西是一位難得一見的奇才。他的天才深不可測，像大海一樣。他這位天才是很複雜難懂的；他的人生也有很多傳奇的故事。他勇於實驗創新，因此他的繪畫技巧和內涵都突破了舊傳統。他把畫家的地位，從工匠提升到藝術大師。

達文西的作品實在不多，流傳下來的沒有幾幅。可是我們看得到的少數幾幅他的作品都是經典之作，充滿了感情，震撼人心。矛盾的是，達文西一輩子追求和注重的，卻是純理性的探討。因此在理性和感性的矛盾衝突之中，達文西的一生留下了許多讓後人猜不透的謎。

1. 命運注定

文奇村素描（局部）

（1473 年　鋼筆、墨水、淡彩　19.6 × 28cm　義大利佛羅倫斯烏菲茲美術館藏）

一四五二年四月十五日，達文西出生了。在義大利一個叫文奇的小地方，距離佛羅倫斯大概要一天的旅程。五百年來，這美麗的山谷鄉間沒有多少改變，仍然安靜美麗如昔。

他出生在什麼樣的環境呢？原來在他出生的時候，他的父母親並沒有正式結婚，所以達文西一出生就被冠上一個「私生子」的名分。

達文西的媽媽凱特瑞娜，據說是一位很美麗的女子。可惜她沒有富貴顯要的家世，還必須在酒店旅館裡打工來謀生。

而達文西的父親呢？他叫做皮耶羅，來自三代祖傳的官吏世家。達文西的祖父之上三代曾祖都是公證官。達文西父親家中還有一片祖產農莊，種了橄欖樹、小麥、蕎麥等農作物，所以他們衣食不至匱乏，算是屬於中上家庭。

達文西出生之時，皮耶羅二十五歲，正是年輕有為的年紀，二十歲出頭就已經繼承祖業，也當上了公證官。皮耶羅三十幾歲時，決定搬到繁華的大城市佛羅倫斯去住，一來為了方便拓展他的事業，同時也方便他必須常常出差到處旅行。

凱特瑞娜生下達文西時，已經二十二歲了。在十五世紀的時代，女孩子很少等到二十歲以後才結婚的。她是在等皮耶羅來娶她嗎？

但是就在達文西出生後不久，皮耶羅很快迎娶了一位中上人家的小姐——愛碧耶拉。為什麼皮耶羅不娶達文西的媽媽呢？很可能是嫌棄她的家世背景，門不當戶不對的，所以不願意娶她進門。可憐的小達文西都生下來了，怎麼辦呢？

幸好他的祖父和父親都承認他這位長孫。達文西八十歲的老祖父安東尼奧和五十九歲的祖母夢娜，更是非常高興他們終於有了一個孫子。老祖父感嘆道：「啊！我終於得到一個孫子了！我要把他納入家譜中，還要為他舉行正式的教堂受洗儀式，請我們家族的親友都來參加。」

他們完全接納長孫達文西，也願意代替皮耶羅扶養他。但是兩位老人照顧一個小嬰兒是很困難的，最好的安排就是，先讓達文西的媽媽哺育他

教堂設計圖

（約 1488～1489 年　鋼筆、墨水　23 × 16cm　法國巴黎法蘭西研究院圖書館藏）

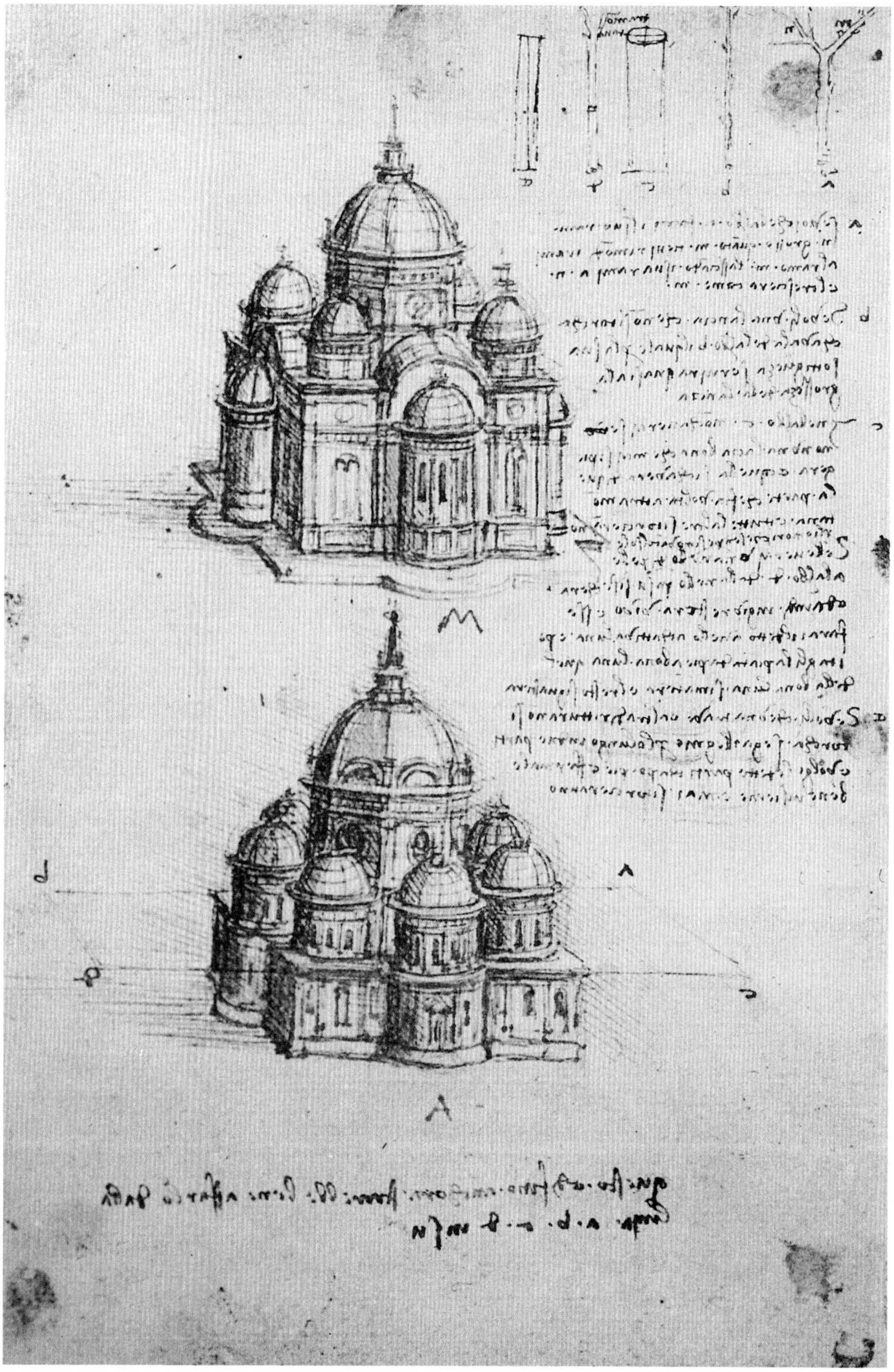

到斷奶，再歸還給達文西的父親家中扶養。

所以說，小達文西出生後還享受到一段短時期的母愛。一直到大約一歲半，達文西被歸還給他的祖父母，從此就離開了親生媽媽的懷抱，再也得不到母愛了。

為了答謝凱特瑞娜替他們生了一個孫子，達文西的祖父母可能費心替她安排了合適的結婚對象，還準備了豐厚的嫁妝給她。

不久之後，他的媽媽也就嫁給了別人，而且很快的陸續生了好幾個孩子。達文西的身世並不能算是幸福，父母使他一輩子都得背上私生子的身分。最可憐的是，小達文西才出生沒幾年，就多了一個後母、一個繼父和一群同母異父的弟弟、妹妹。

2.童年

達文西小時候與年老的祖父母同住的期間，他的父親和繼母很少回來探望他，所以教養達文西的責任幾乎

植物研究素描（約 1485 年　鋼筆、墨水　義大利威尼斯藝術學院藏）

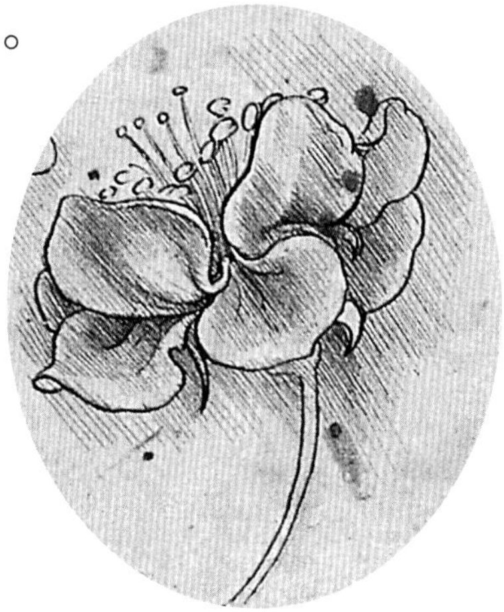

全部由老祖父母承擔。他們除了大兒子皮耶羅，另外還有一個小兒子法朗斯哥和他們住在一起。

法朗斯哥年紀比達文西大十六歲，是一位年輕的小叔叔。他很和善，又很獨立自主。而且他熱愛土地、大自然，深諳農事、氣象、動物。

小達文西跟在小叔叔的身邊，一天到晚遨遊在鄉下田野之間，觀察大自然，研究生物，受到法朗斯哥很深的薰陶和教導。

達文西和叔叔的感情比較像父子的親情，自己的親生父親反而像個不常見面的叔叔。法朗斯哥一生沒有孩子，視達文西如自己的兒子。難怪他在一五〇六年過世時，把所有遺產都留給了達文西。

儘管祖父母和叔叔對他很好，但小達文西的心裡總是覺得很悲哀。

「為什麼我的媽媽不能在我身邊呢？」這是他心中永遠的傷痛。其實他

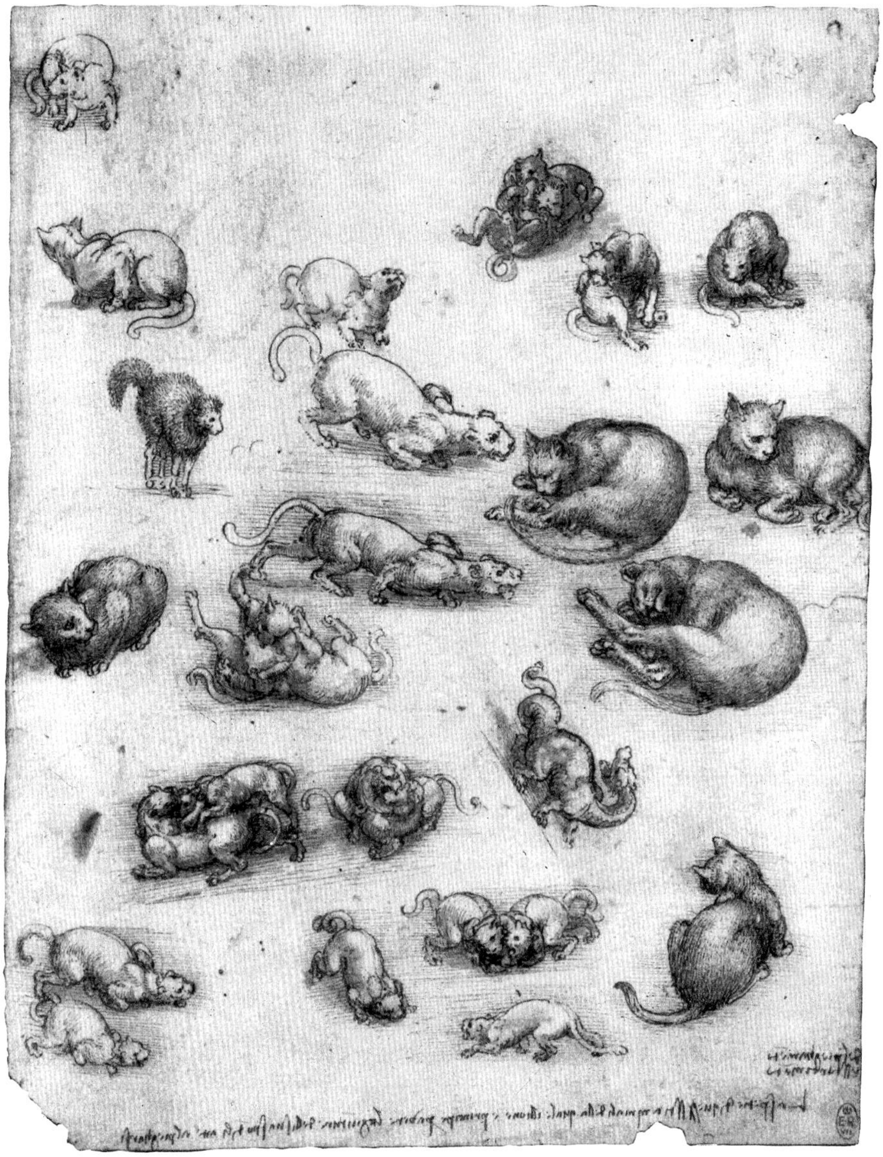

動物素描（鋼筆、墨水　英國溫莎堡皇家圖書館藏）

媽媽住得並不遠，鄉下地方又很小，常有機會看見他的親生媽媽。每次達文西總是眼巴巴的，遠遠看著她抱著同母異父的弟弟或妹妹。達文西的小小心靈不斷在吶喊：「媽媽！媽媽！為什麼妳不要我了？」

幼年時期被迫與母親分離，可以說影響了達文西的一生，包括在感情生活上和創作上。達文西畢生不願意結婚，更不願意生兒育女，他寧可把所有的精力全部放在他的藝術創作和科學研究上面。

達文西漸漸長大，他的童年也慢慢接近結束了。在幾年內，他敬愛的叔叔結婚娶妻，他的祖父母和繼母相繼過世，父親沒多久又娶進來一位新繼母。這些家庭變故，使得皮耶羅開始考慮達文西的未來，要趕緊替他找個出路。

皮耶羅心裡盤算著：「以達文西私生子的身分，是沒資格去上大學的，那麼就只能選擇做一名工匠或藝匠。對，要趕快送他去拜師當學徒，學一門技藝才是。」儘管以達文西的家庭環境，還有他過人的天分和興趣，他很

可能成為職業地位比較高尚的律師或醫生，但是達文西的出生身分限定了他，唯一最好的出路就是去當學徒。通常去當學徒是窮苦人家的孩子不得已的選擇。

達文西從小就觀察入微，富有想像力。有一次，父親交給他一塊圓木盾，叫他去畫點東西在上面。達文西動起腦筋想著：「啊哈！我一定要畫個沒有人見過的恐怖大怪物，讓所有人大吃一驚！」

結果達文西捉了一大堆超級恐怖的生物，像蝙蝠、蛇、蜥蜴、馬陸之

類，然後綜合牠們的長相，畫出一個恐怖駭人的怪物。幾天後，那些動物死屍開始腐爛了，發出來的噁心味道老遠都聞得到。只有達文西畫得十分專心，根本聞不到惡臭。

他畫好以後拿去給父親看。皮耶羅一看之下嚇得逃出房間，還驚叫出聲：「我的天啊！什麼怪東西呀！」自然達文西十分滿意：「嘿嘿！太好了！我的畫真的能夠嚇人。」

當著達文西的面，父親也稱讚他畫得很好。但是在背地裡，皮耶羅卻想著：「天曉得，這麼恐怖的畫怎麼能擺在家裡呢？更不能拿去送人。可惜啊！畫得真的很不錯哩。不如我把這幅畫拿去賣，說不定還會賣個好價錢呢。」傳說達文西的父親偷偷把這幅畫拿去賣錢了。

達文西從小與父親相處的日子不多，感情並不親密。不管如何，皮耶羅倒是最先賞識到達文西繪畫天分的人。

達文西十四歲左右，皮耶羅終於把他接到佛羅倫斯去，開始安排他拜師學藝。皮耶羅對達文西說：「我要拿

你平時畫的一些畫作，去請教佛洛奇歐，看看他願不願意收你做徒弟。」佛洛奇歐是當時一位很有名氣的大師。他一下子就看出達文西非常具有繪畫天賦，願意收達文西為徒弟。

皮耶羅高興極了，他對著達文西說：「你真是好造化！佛洛奇歐願意收你當徒弟。立刻收拾收拾東西，去拜他為師吧！」於是達文西從此離開家，加入了佛洛奇歐的工作坊，開始了作學徒的成長歲月。從離開家去當學徒的那一刻，達文西的童年也就宣告結束了。

3. 拜師學藝

達文西的家鄉文奇是個小地方，數來數去一共大概也不過五十棟建築物。佛羅倫斯卻是個繁華的大都市。當達文西抵達佛羅倫斯時，他真是大開眼界：「哇！佛羅倫斯的道路又長、又直、又寬，好幾輛推車都可以同時通過。你看那邊道路的兩旁排列著整整齊齊的房子。還有那條大河上，橫跨著一座好大的橋哩！」

兩個地方還有最大的不同是，佛羅倫斯是一個歷史悠久的文明聖地，到處都充滿文化氣息，城市內的各個角落都可以見到藝術品、歷史古蹟，像是雕塑、繪畫、建築等。難怪佛羅倫斯各種手工藝也非常聞名。

達文西沒有受正規教育，他的知識都來自祖父母、叔叔、教堂神父和自修。當他去拜師時，他的程度是能讀能寫，知道一些宗教文學和詩歌，還會一點算術。達文西從小住在簡單

樸實的鄉下，沒有佛羅倫斯那樣的文化環境讓他接受藝術的薰陶，自然他的藝術品味和眼光都有待訓練。

幸運的是，上天給了達文西驚人的天賦，有如一塊曠世的璞玉，正在等著大師來琢磨。這位大師就是佛洛奇歐。

佛洛奇歐的本領很多，他就像一間藝術大學，樣樣皆精通。這位大師總是忙碌個不停，手邊一定要有工作做，否則就坐立不安。

他是鑄金學徒出身。鑄金技術是所有手工藝中比較繁複困難的，要綜合繪畫、雕刻、立體雕塑、打模、熔金等技能。所以佛洛奇歐學到一身本領。他出師後成立了自己的工作坊，接受各式各樣的訂單，從小銀杯到巨石墓碑，什麼都做。他很有名的

佛洛奇歐　男孩與海豚

（1475年　青銅　高68.8cm
義大利佛羅倫斯佛基奧宮藏）

一件作品是雕塑像〈男孩與海豚〉。

十五世紀時代的藝術工作坊其實就是一間店鋪，就像是裁縫鋪、肉鋪一樣。這些鋪子都是臨街開門做生意的，人們進進出出，小孩、貓狗雞豬到處亂跑。

佛洛奇歐的工作坊也是一樣。一間很簡單的店面，大家晚上都住在店後面或樓上。店裡牆上掛著畫具和工具，旁邊擺著素描、藍圖，以及各種模型，角落裡會有一個旋轉磨石與一個火窯，剩下的空間擺一些工作桌和畫架。店鋪外面掛著一些有代表性的作品，當作招牌廣告。

在工作坊中，通常有一些助理和學徒，他們都跟著師傅吃住。工作坊為了要維持生意，什麼訂單都要接，不管作品大小。這些工作坊都要像小型加工廠，什麼成品都能做，例如銅像、墓碑、畫像等等。所以在十五世紀時代人們並不把這些工作坊生產出來的作品看成是藝術品。

在工作坊中，分工合作是稀鬆平常的事，因此一件作品可能經過好幾雙手才得以完成。師傅通常負責最重

ECCE

要的部分，其他瑣碎的工作都交給助理或學徒。

按照傳統的學徒方式，你得從最低層的工作開始做起，跑腿、掃地、清洗畫具等。然後其他師兄教導你做什麼，你就得跟著照做。師傅教的方法每一步都要一絲不苟的模仿。等學到一個程度，師傅就會放手讓你單獨完成作品的一小部分。達文西作學徒也不例外。

（約 1473 年　油彩、畫板 177 × 151cm　義大利佛羅倫斯烏菲茲美術館藏）

佛洛奇歐　基督受洗圖

基督受洗圖（局部）
達文西畫的天使。

佛洛奇歐第一次放手讓達文西自由作畫，是一幅叫做〈基督受洗〉的畫。他要達文西在這幅接近完成的畫上面增添一位天使。

一般的畫法是，天使面向基督雙膝跪地，背朝後面。達文西的天使基本上也是。但是他的天使有一點非常特殊：他突破傳統畫法，把天使的身體稍微側轉，使我們能看到天使的動作和表情。達文西的天使生動優雅，把整個畫面緊密的結合在一起。

佛洛奇歐看到達文西畫的天使之後，驚嘆萬分的說：「這孩子不是平凡之輩，他是天才！將來達文西一定會在歷史上留名的。」他有預感。

達文西一直跟在佛洛奇歐身邊學習，大約有十二、十三年。在精神上他把師傅當成自己的父親。即使當佛洛奇歐告訴達文西說：「你現在二十歲了，我也沒什麼可以再教你了。你可以出師，好好自立門戶去吧。」達文西卻回答師傅說：「不！我想留在師傅身邊幫忙。」於是他們師徒兩人聯手合作了好幾年。

達文西真正協助師傅的第一件重

要工作，是為佛羅倫斯大教堂製造和安裝一個銅鑄圓球。這個銅球大概有六公尺直徑，約二噸重，它要安裝在大教堂圓屋頂中央的燈塔頂端。

佛洛奇歐不但要鑄造出來這麼巨大的物體，還要想辦法把它升高到一百多公尺的高度，牢牢的嵌在燈塔頂端。安裝銅球是一項艱鉅的工程，要懂得力學、數學幾何等等學問，也就是說，佛洛奇歐必須身兼藝術大師、建築師與工程師。

安裝銅球當天，全佛羅倫斯的市民都來了。大家指指點點著，觀看這個難得的奇景。人們吵嚷紛紛：「好厲害啊！這麼大的一個銅球，要怎麼裝到那麼高的圓頂上去啊？這真是得見識見識才行！」

安裝成功後，群眾都大聲歡呼起來：「太棒了！太偉大了！」大家高興得舉行歡慶典禮。

年輕的達文西親眼見到，藝術結合科學能產生如此光榮的結果。他更從參與這項工作學到許多科學技術和知識，像物理、機械、金屬。在日後的歲月裡，達文西時常在筆記中提及

此次幫助佛洛奇歐安裝銅球的一些細節問題。

佛洛奇歐是當時創新派的靈魂人物，他教導學徒說：「你們要不斷的實驗、改進、自我挑戰，這樣才能開創新意。不要老是依樣畫葫蘆、死板的模仿古人，知道嗎？」他著重邏輯和科

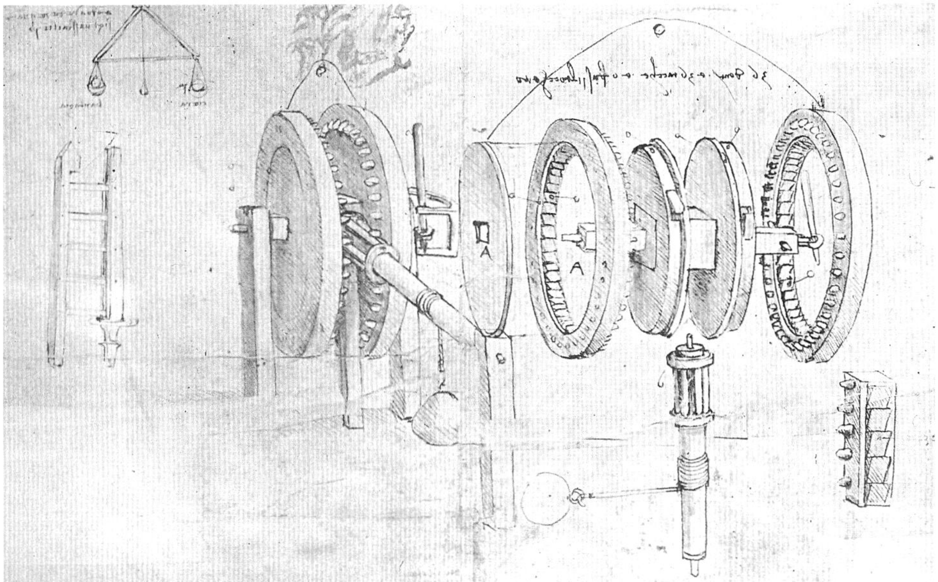

機械研究（鋼筆、墨水　義大利米蘭安布洛茲圖書館藏）

學方法，而不拘泥於傳統，帶給當時一些年輕藝術家很大的啟發。

佛洛奇歐也教導他的徒弟以大自然為師，完全採用實物來寫生。仔細的觀察、分析、實驗，然後才得出結論，一點也馬虎不得。達文西完全繼承了這種哲理，並加以發揚光大。他的藝術思想和追求知識的欲望都是來自這種態度。

當達文西投入他的門下時，佛羅倫斯一群年輕藝術家，就已經常常在佛洛奇歐的工作坊聚會。他們研究當時開始萌芽的新現代主義，交換藝術心得，討論哲學，進行各種創新的實驗。就是這種科學研究精神，不斷追求進步與創新，使這些十五世紀的藝術家在短短一百年之間，摸索出透視原理、光學原理、解剖學等現代的科學方法。

傳統中古世紀的藝術家創作只有一個目的，就是宣揚上帝的榮耀和教化愚昧的人類。他們總是重複先人的畫作，技巧十分完美但了無新意。到了大師喬托的出現，才有了改觀。達文西和許多人一樣，認為喬托是第一

位大師級的藝術家，不以抄襲模仿前人之作而滿足。達文西還說過：「喬托之後，藝術又走下坡了。」可見喬托在達文西心中的地位。

喬托比達文西早生了一百八十五年，但是他們兩人的成長背景實在很相似。你看，他們的童年都在鄉下度過，都相當寂寞；到佛羅倫斯作學徒的經歷更是如出一轍。達文西贊同喬托發展的自然主義的新思想，那就是畫自己心中所想，眼中所見。也就是說，繪畫應該從自然生命出發。

達文西曾說：「畫家應當像一面鏡子，真實映照出鏡子前的世界萬物。如果要畫人物，就要像活生生的人。要畫白雲，就要像真正天空中飄浮的白雲。不但如此，還要用心靈之眼去吸收眼前的一切，找尋其中的意義。」

這位新派的佛羅倫斯藝術家，要求畫中充滿真實的生命力，而不是死板的照抄以前的畫。

達文西在畫傳統的宗教畫時，開始越來越重視畫法的技巧。觀賞達文西的聖嬰畫，如果仔細看就會感覺得到，嬰兒細緻的皮膚，柔軟的頭髮，

甚至皮膚下的頭顱骨。達文西畫的風景畫裡像是有輕風在吹，白雲在飄，使你覺得看到畫裡的山水，就像是看到窗外的風景一樣真實。

達文西如何做到的呢？他說：「我們必須要進行研究，才能了解眼前的一切事物。」達文西的科學觀念是以觀察為主，並遵循三個基本步驟：觀察——驗證——事實證明。所以達文西認為：「藝術是科學的最高表現，尤其是繪畫。只有通過藝術，人類才能追求新知，流傳後代。」

（1510年　油彩、畫板　168×130cm
法國巴黎羅浮宮藏）

聖母、聖嬰和聖安妮

4. 研究與發明

（鋼筆、墨水　英國溫莎堡皇家圖書館藏）

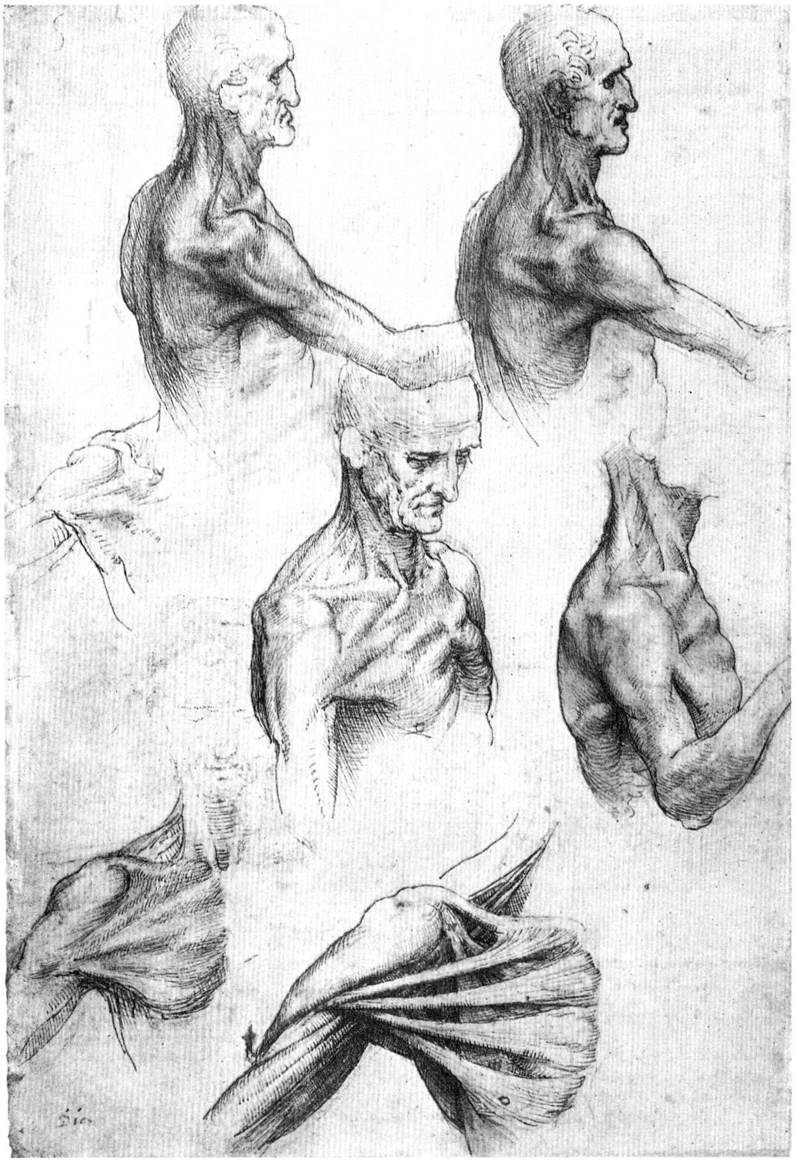

人體研究素描

達文西一生不斷的在研究，上至天文，下至地理。對於他感興趣的事物，他非去研究明白不可。他研究的範圍太多了，多得普通人難以想像。除了藝術和哲學，他的研究項目多達五十種，簡單說幾樣就有：人體學、地質學、光學、水力學、音樂、物理學、天文學、數學等等。哎！太多太多了，簡直沒有止盡。

隨著年齡漸長，達文西的學問越廣。他彷彿有無窮的精力和時間去鑽研多項學問。他每研究一項領域，都會有先知先覺的發現，或是超越時代的發明。

譬如，在十五世紀那個時代，大部分的人仍相信地球是平坦的，而且是宇宙的中心。達文西卻不。他研究

坦克車設計圖（局部）（1487 年　鋼筆、墨水、淡彩　17.3 × 24.5cm 英國倫敦大英博物館藏）

天文星象，所以他了解到：「啊！天外有天，宇宙是無限浩瀚的，而地球是多麼微不足道啊！」

他研究地質，所以他相信化石來自海洋深處。他觀察鳥的飛行，所以他發明了飛行機器，而且很像現代的飛機和直升機。他設計的腳踏車、坦克車也是一樣現代。他甚至在機械、土木工程、軍事武器方面也有超時代的設計發明。

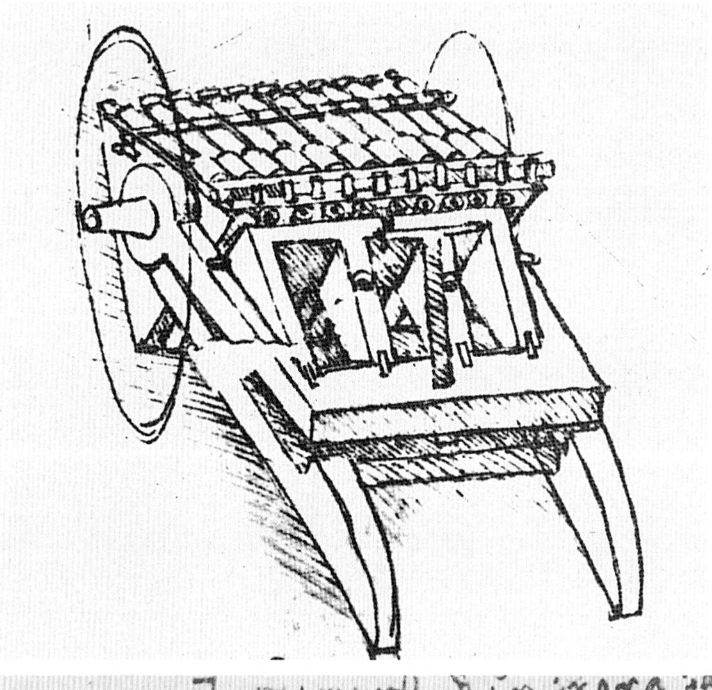

（鋼筆、墨水　義大利米蘭安布洛茲圖書館藏）

機關槍設計圖

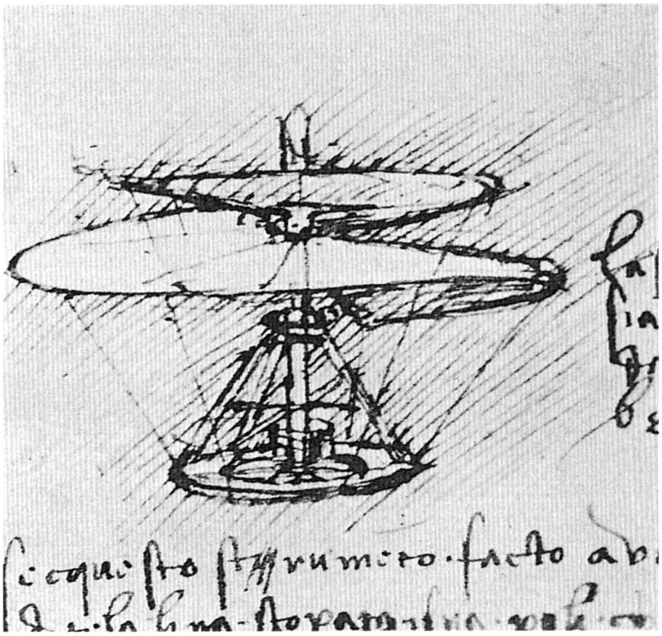

飛行機器設計圖

（鋼筆、墨水　法國巴黎法蘭西研究院圖書館藏）

（鋼筆、墨水　義大利米蘭安布洛茲圖書館藏）

降落傘設計圖

植物研究素描（約 1506 年　紅色炭筆　英國溫莎堡皇家圖書館藏）

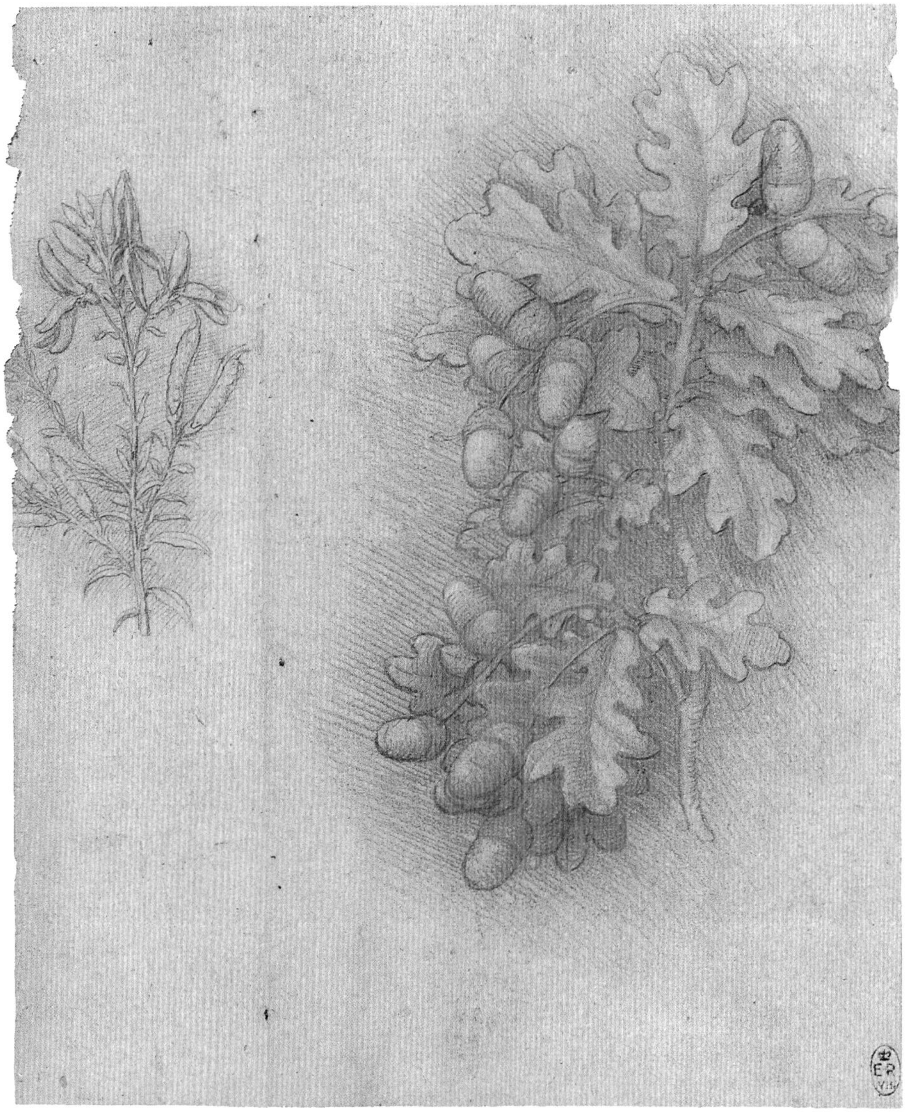

他研究植物的生態，到今天人們還在使用他繪製的植物圖鑑。

他的藝術天才在醫學解剖學上貢獻更大，他創先採取四面解剖圖、橫面解剖圖，同時從四個角度和橫切面來觀察、繪製人體器官，像是心臟的血管、胎兒的成長，從此改變了醫學上的教學方式。

就因為他的研究太廣泛了，他大部分的研究工作到最後都難逃半途而廢的命運，就連他的藝術創作，也大多是未完成的。達文西晚年時也常感嘆道：「咳！我這一生好像還有好多沒有完成的工作。」

可惜達文西早生了幾百年，當時的工程技術絕對沒有辦法完成他的發明，所以他大部分發明都只是紙上談兵而已。儘管如此，達文西的許多天才主意，激發了後代許許多多發明，也一再證明達文西的先知遠見。

5.傳奇

達文西這位曠世奇才似乎早生了幾百年，當時的人敬佩他的博學與天才，但是他們很難理解他的研究。加上他特立獨行的作風，所以即使在達文西生前，人們就把他當成傳奇人物看待了。

達文西的傳奇非常多。他年輕的時候很是俊美，惹人注目，所以後來他故意留起長髮和長及胸前的鬍鬚；當時流行穿很長的長袍，他偏不跟隨流行，反而穿著長度只到膝蓋的玫瑰紅色短袍。人們在他背後議論著：「真是怪人！愛搞怪，偏偏喜歡跟人家相反。」

他慷慨大方，經常收留朋友。他很仁慈，看到市場裡在賣鳥，他會把鳥買下來放生。他愛動物，不願意殺生，是一位素食者。

他覺得睡眠真是浪費時間，還特別發明了一個挺滑稽的叫人起床的裝

置。計時器是一個滴水容器，水滿的時候就會啟動一個槓桿，把睡者的雙腳慢慢往上拉高，一直到他醒來。

達文西生平還有一個習慣，特別喜歡畫人的頭像。他經常行走在大街小巷間，看來往的路人，找尋長相特別的臉孔。當他遇到一張特別美麗的或是特別醜陋的臉，他就會整天跟著那臉孔的主人，直到他在筆記本上完成那張臉的素描。

達文西認為：「人的記憶力是不可靠的。最好準備一本筆記本在手邊，隨時可將眼前所見的事物速寫下來，尤其是在記錄自然界的造物與動作的時候。」

達文西一生不斷的在寫筆記。幸好如此，世人才能有幸知道他的思考紀錄。達文西的筆記保存下來的大約有五千多頁。文字數量非常豐富，遠遠超過他作品的產量。

這五千多頁的文字與圖畫，記載的內容包

臉的素描（鋼筆、墨水　義大利威尼斯藝術學院藏）

臉的素描（鋼筆、墨水　義大利威尼斯藝術學院藏）

筆記手稿 （鋼筆、墨水　法國巴黎法蘭西研究院圖書館藏）

羅萬象。其中有他的研究、繪畫、見解、生活記事，甚至記帳。但是奇怪的是，完全沒有隻字片語可以透露他的內心感情。他沒有半句提過他的親人、老師，或是他的家鄉。對人間世事的變動，達文西似乎一點兒也不動感情。

這就是達文西的個性，他以理性的態度來面對一切，毫不牽扯私人的情感。例如，他在筆記中簡短的記下他父親的死訊：「一五〇四年，七月九日星期三，七點鐘，吾父，廷用公證官，皮耶羅死了，享年八十歲。留有十個兒子，兩個女兒。」達文西相當冷淡的寫下這則父親過世的消息，一點兒也沒有提到他的感觸，或流露出任何哀傷。

達文西的字跡潦草，他的書寫方式更是非常特別。他習慣從右向左橫寫，而且所有的字母和正常書寫方式相反。平常人如果看達文西的手稿，要照映在一面鏡子裡，才能讀出文字的內容。

為什麼達文西寫字跟平常人完全相反呢？有些人猜測他是故意的，好

讓人無法得知他的創見或發明。事實上，最簡單合理的解釋是，他是左撇子，那樣子寫法對他來說最容易。當他必要的時候，他還是使用一般人普通的書寫方式。你看他的兩種簽名，大的簽名是達文西自己平常書寫的方式，小的簽名是他寫給平常人看的。

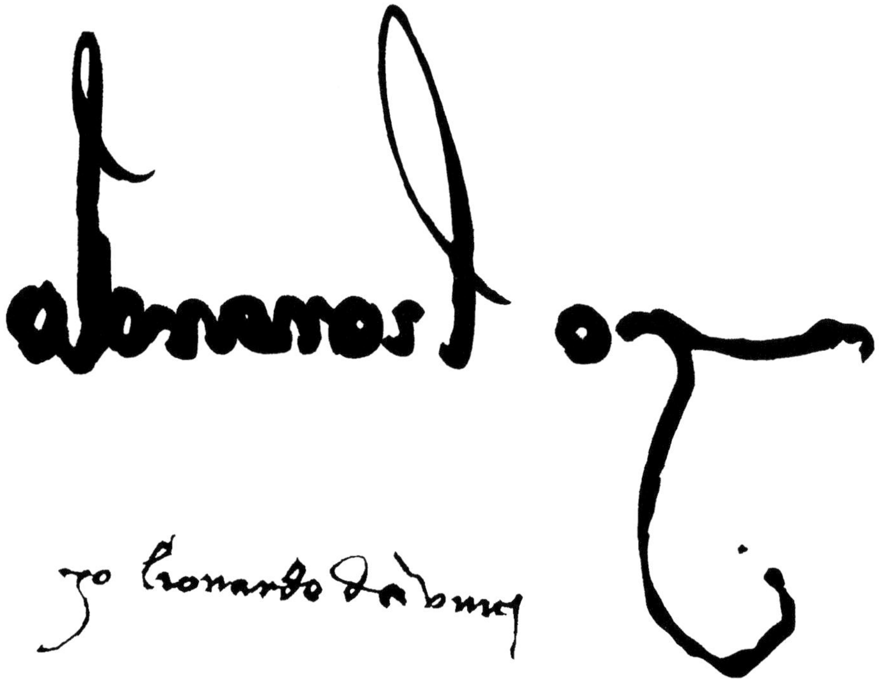

簽名

6. 達文西的畫

淑女畫像

（約 1474 年　油彩、畫布　42 × 37cm　美國華盛頓國家畫廊藏）

佛羅倫斯時期的達文西，有三幅值得一提的畫作。

第一幅是〈淑女畫像〉。畫像中的美麗少女有著明顯突出的五官和嚴肅的表情。畫像的背景是山水風景和許多樹木。這幅畫是不是達文西親手所畫的？歷史學者仍有疑問，並為此爭論不休。

對於畫中少女的身分也有許多推測，學者結論並不一致。不過她很可能是佛羅倫斯的班奇家族的閨女吉娜娃・班奇，出生於一四五七年。達文西與這一家人是朋友，他以吉娜娃為模特兒，栩栩如生的畫出一位荳蔻少女，就像她真的站在你面前。

另一幅是〈聖耶洛米畫像〉。雖然這幅畫只是單色的草稿，沒有開始上色，但是以畫中技巧高超的明暗手法，毫無疑問是達文西畫的。

聖耶洛米畫像
（約 1480 年　油彩、畫板
103 × 75cm　義大利羅馬
梵諦岡美術館藏）

畫中瘦削的聖者以右手拿著一塊石頭，痛苦的打著

自己的胸口，生動表現出複雜的肢體動作。這幅畫中的聖者蹲在地上張口仰望，就像一隻受傷的野獸，這是達文西的作品中很典型的主題——人性與獸性的交錯。

東方使者朝拜聖嬰

（1481～1482 年左右　油彩、畫板　246 × 243cm　義大利佛羅倫斯烏菲茲美術館藏）

還有一幅畫叫做〈東方使者朝拜聖嬰〉。這是達文西第一件重要的作品，年代約在文藝復興初期。這幅畫本來是為佛羅倫斯附近的聖多那多修道院畫的，預定要做為教堂祭壇後面的裝飾品。可惜後來因為達文西決定離開去米蘭，這幅畫只進行到上底色為止就放棄了。

儘管如此，這幅畫仍然是達文西的經典之作。他完全脫離傳統的敘事方式來畫朝拜聖嬰的故事，他揚棄表現聖嬰誕生是神的恩典，值得人類歡欣鼓舞；相反的，他在畫中加以描繪黑暗的人性和獸性，有戰士、詩人，有耶穌信徒，也有非基督徒，老老少少，還有許多動物，爭先恐後都搶著到前面來。

達文西最擅長以明暗對比來突顯立體感，這幅畫是一個很好的例子。同時整幅畫用了完美的透視畫法，畫中所有的人物、動物，以及背景中的廢墟，都以正確的角度呈現出來。

7.出走

一四八一年，達文西二十九歲。當時梵諦岡的教宗要召見一些最好的畫家，去為教廷工作。佛羅倫斯當局推薦了許多當時有名氣的畫家，就是沒有推薦達文西。他非常的失望和生氣：「哼！這太沒有道理了，根本就是不尊重我嘛！好，此處不留爺，自有留爺處！」隔一年後，達文西決定離開佛羅倫斯，去義大利北方的米蘭市。這一去就是幾乎二十年。約到一五○○年，達文西在近晚年的四十八歲才又再回到佛羅倫斯。

在米蘭時期，達文西的畫作包括〈聖母、聖約翰、聖嬰與天使〉，亦稱〈石崗上的聖母〉。這幅畫只有底色，未完成。畫中的人物顯得柔和優雅，他們或合掌朝拜，或指指點點，或張開雙手，注意各種生動的手勢之間互相對應。藉著這幅畫，達文西確實突顯出他的功力。畫中的石崗背景

聖母、聖約翰、聖嬰與天使

（1483～1486 年　油彩、畫板　199 × 122cm　法國巴黎羅浮宮藏）

仕女與白貂

（約 1490 年　油彩、畫板　53.4 × 39.3cm　波蘭克拉科夫柴托斯基博物館藏）

顯得神祕又充滿想像力，黑暗中籠罩著溼氣。

另外還有一幅〈仕女與白貂〉。據考證，畫中仕女是西西麗雅，一位聰明美麗的王妃。她手上抱的白貂象徵貞節。大部分歷史學家都認為這幅畫是達文西的作品。

在米蘭，達文西畫了幅舉世聞名的壁畫，這幅畫就是鼎鼎大名的〈最後的晚餐〉。目前仍保存在義大利米蘭一處修道院的教堂牆上。五百年來這幅畫歷經摧殘，第二次世界大戰期間，修道院還被炸彈夷為平地，這幅畫差一點全毀了。雖然沒有全毀，但是損壞的情形也很嚴重，歷年來有許多人努力企圖挽救此畫。

這幅宗教名畫的歷史地位是毫無疑問的，達文西藉由它表現出來的人性和宗教意義，至今仍感動所有看到此畫的人。不僅是人物突出，畫中每一樣東西也都是經過細心的安排，以求畫面最平衡的布局。

畫中所有的人物都栩栩如生，達文西根據十二門徒每個人的個性，畫出了他們的神情，甚至他們內心的思想。你看那個背叛耶穌的門徒猶大，他是從左邊數來第四人；其他門徒分成四組在互相交談著，只有他是唯一落單的。你很容易就可以把他認出來了，他的神情是多麼擔心害怕，充滿罪惡感啊！

最後的晚餐（1495～1497 年　溼壁畫　460 × 880cm　義大利米蘭聖瑪莉亞葛拉吉埃修道院藏）

另外有一幅值得一提的畫是〈聖母、聖安妮、聖嬰與小聖約翰〉。你注意到了嗎？畫中人物的構圖安排非常特別。前面聖安妮半倚半坐在聖母的右大腿上，兩人共同摟抱著聖嬰與小聖約翰，表現出他們之間的親密。另外畫中裙擺皺摺是非常典型的、希臘神像的畫法。

（1498 年　黑色炭筆
141.5 × 104.6cm
英國倫敦國家畫廊藏）

聖母、聖安妮、聖嬰與小聖約翰

當然，提到達文西，大家一定會想到他的名畫〈蒙娜麗莎〉。藝術歷史學家公認，達文西這幅畫的成就高超，達到了繪畫技巧的巔峰。

蒙娜麗莎神祕的微笑迷住了達文西。他晚年為了全力畫這幅畫拒絕別的工作，花了好多年的時間來畫這幅畫，但是最後仍然沒有全部完成。至於蒙娜麗莎的真實身分，歷史學家至今仍然沒有定論。達文西自己的紀錄中完全沒有提到這幅畫的來龍去脈，這是達文西生命中的另一個謎。

蒙娜麗莎身後的風景像蒙在一層輕霧之中，似夢似幻。這是達文西最拿手的技巧，在這幅畫中表現

蒙娜麗莎
（1503～1505 年　油彩、畫板　77 × 53cm　法國巴黎羅浮宮藏）

得淋漓盡致。這種技巧是用油畫顏料一層一層加上去，造成模糊的線條，使整個畫面輕柔飄渺。達文西非常重視畫的背景：「你要曉得，畫的背景不是平面的布景，不可以太呆板，必須要營造出立體感。你要想辦法對照畫中的情景，畫出一個自然的環境。」

在一五〇六年達文西被法國總督請去米蘭，他在總督府裡待了六年，這期間沒有作畫，他的心力集中在研究。

後來在一五一三年，達文西再度南下到羅馬梵諦岡，想要再爭取教宗的青睞。但是，一些後輩的名氣越來越大，像米開蘭基羅、拉斐爾等人。面對著無情的競爭，達文西還是得失望了。

這段時期他又得了輕微的中風，右半身有點行動不便。幸好達文西習慣用左手，生病並沒有影響到他的工作。他的〈自畫像〉就是在這種情況下畫的。

達文西的〈自畫像〉是用紅色炭筆畫的，大約畫於一五一二年，他死前的六、七年左右。一般自畫像中的

自畫像（約 1512 年　紅色炭筆　33.3 × 21.3cm　義大利杜林雷阿萊宮藏）

畫家都是正對著一面鏡子作畫，所以畫出來的人像是面對前方的姿勢。達文西在畫他自己時，卻選擇了一個十分特殊的角度，他的頭偏向一邊，雙眼微微往下注視著斜前方。

達文西是怎麼畫他自己的呢？他也是使用了鏡子。他將許多面鏡子擺在特定的位置，好讓他從各個角度觀察自己。他當時大概是六十歲左右，在畫中達文西的上嘴唇已經扁塌了，這表示他的牙齒都掉光了。他告訴自己：「趁我還能畫的時候，讓我好好把這個衰老頭的嘴臉畫下來吧。」

這時他的健康已日漸衰弱，視力日益減退，他的人生就快要走到盡頭了，然而他覺得還剩下許多未完成的工作，對自己一生的成就仍然感到十分不滿意。

呈現在〈自畫像〉中的老人，是達文西面對自己誠實的檢驗。他用畫筆真實的顯現出他衰老疲憊的外表，藉此表現出他對自己一生的回顧。也就是說，用這自畫像來總結他孤獨的一生，這幅〈自畫像〉正是達文西一生最後的自白。

〈洗禮者聖約翰〉則是達文西最後一幅獨自完成的經典之作，技巧已達到完美的境界。畫中主角的外貌似男似女，介於兩者之間。右手的食指直朝向天空，左手放在胸前。這幅畫經過嚴密的科學鑑定，證明百分之百出自達文西之手。

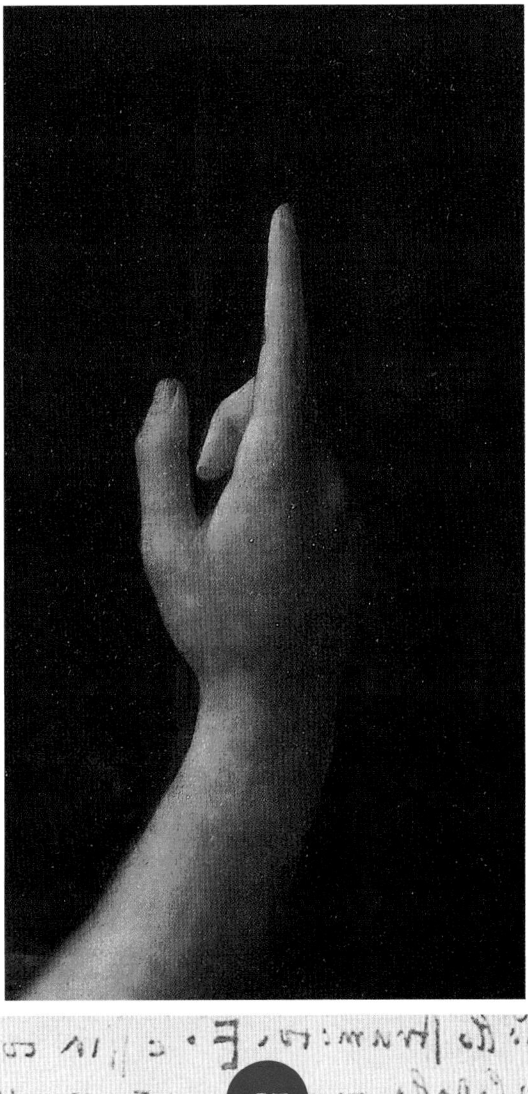

8. 晚年

人體比例圖

（約 1492 年　鋼筆、墨水　34.3 × 24.5cm　義大利威尼斯藝術學院藏）

洗禮者聖約翰

（1513～1514 年　油彩、畫板　69 × 57cm　法國巴黎羅浮宮藏）

達文西一生中有很多徒弟，但只有梅爾西最值得一提。他是在一五〇七年拜達文西為師的，當時十四歲。梅爾西深深覺得，在師傅冷漠的外表下，他卻只是一個孤獨寂寞的老人。「師傅好可憐啊！我應當好好的照顧他。」

梅爾西於是竭盡心力的陪伴達文西，使達文西能安享晚年，一直到過世。達文西遺囑中把他所有的筆記、書畫全留給梅爾西，可見達文西把梅爾西當成兒子一樣。

達文西很早就有意寫一本藝術論述，把他一生的心得流傳下來，可惜他生前未實現。他死後，梅爾西根據他遺留的筆記勉力完成此書，完成了達文西的心願。

達文西的晚年十分動盪不安，他不時都要擔心：「哎，錢又快要不夠用了。還不知道下一個工作在哪裡，要住在哪裡？咳！人老了，身體也不行了。」他看得見人生終站快近了。

沒想到就在此時，法國新登基的國王聽說了達文西博學的名聲，決定以首席畫家聘請他去法國。

達文西從此就長住在法王的別墅裡，再也沒有回到故鄉。他住的別墅離王宮約半英里，才二十二歲的年輕國王幾乎每天都親自駕臨，向達文西請益，問他各種問題：「大師，智慧的大師啊！這件事為什麼會這樣？那件事為什麼又是那樣？」

這所異鄉別墅就成了達文西人生旅途中的最後一站，一五一九年五月二日，達文西死於中風，享年六十七歲。

達文西在法國死後得到厚葬，與王公貴族葬在一起。但是法國接下來經過一連串的戰亂，墓園早已飽受摧殘，墓碑和棺木都被挖去再利用，屍骨散亂，認不出身分來了。後來世人只知道，達文西很高大，於是就拼湊起來一副骨架很大的遺骸，湊合指說那是達文西的骨骸，埋葬在王宮旁邊的小教堂，也就是現在的達文西紀念墓碑。

達文西真正的遺骨流落到哪裡去了呢？那是達文西的最後一個謎了。

達文西 小檔案

1452 年	4 月 15 日，出生於義大利文奇。
1466 年	14 歲左右離家到佛羅倫斯當學徒，拜佛洛奇歐為師。
1481 年	29 歲，沒有獲得教宗的邀請，非常失望。
1482 年	決定離開佛羅倫斯，去義大利北方的米蘭市。
1495～1497 年	畫〈最後的晚餐〉。
1500 年	48 歲，回到佛羅倫斯。
1504 年	父親去世。
1503～1505 年	畫〈蒙娜麗莎〉。
1506 年	被法國總督禮聘去米蘭。
1507 年	收 14 歲的梅爾西為徒。
1513 年	南下到羅馬梵諦岡。
1517 年	法國國王以首席畫家聘請達文西，搬去法王的別墅居住。
1519 年	5 月 2 日去世，享年 67 歲。

兒童文學叢書

音樂家系列

沒有音樂的世界，我們失去的是夢想和希望……

每一個跳動音符的背後，到底隱藏了什麼樣的淚水和歡笑？
且看十位音樂大師，如何譜出心裡的風景……

ET的第一次接觸——巴哈的音樂	王明心／著◆郭文祥／繪
吹奏魔笛的天使——音樂神童莫札特	張純瑛／著◆沈苑苑／繪
永不屈服的巨人——樂聖貝多芬	邱秀文／著◆陳澤新／繪
愛唱歌的小蘑菇——歌曲大王舒伯特	李寬宏／著◆倪　靖／繪
遠離祖國的波蘭孤兒——鋼琴詩人蕭邦	孫　禹／著◆張春英／繪
義大利之聲——歌劇英雄威爾第	馬筱華／著◆王建國／繪
那藍色的、圓圓的雨滴——華爾滋國王小約翰·史特勞斯	韓　秀／著◆王　平／繪
讓天鵝跳芭蕾舞——最最俄國的柴可夫斯基	陳永秀／著◆翱　子／繪
再見，新世界——愛故鄉的德弗乍克	程明琤／著◆朱正明／繪
咪咪蝴蝶茉莉花——用歌劇訴說愛的普契尼	張燕風／著◆吳健豐／繪

由知名作家簡宛女士主編，邀集海內外傑出作家與音樂工作者共同執筆。平易流暢的文字，活潑生動的插畫，帶領小讀者們與音樂大師一同悲喜，靜靜聆聽……

藝術的風華 文字的靈動

2002年兒童及少年讀物類金鼎獎

第四屆人文類小太陽獎

行政院新聞局第十七、十九次推介中小學生優良課外讀物

文建會「好書大家讀」活動1998、2001年推薦

《石頭裡的巨人──米開蘭基羅傳奇》、《愛跳舞的方格子──蒙德里安的新造型》

榮獲1998年「好書大家讀」年度最佳少年兒童讀物獎

《拿著畫筆當鋤頭──農民畫家米勒》、《畫家與芭蕾舞──粉彩大師狄嘉》

榮獲2001年「好書大家讀」年度最佳少年兒童讀物獎

兒童文學叢書

藝術家系列

～帶領孩子親近二十位藝術巨匠的心靈點滴～

喬托	達文西	米開蘭基羅	拉斐爾
拉突爾	林布蘭	維梅爾	米勒
狄嘉	塞尚	羅丹	莫內
盧梭	高更	梵谷	
孟克	羅特列克	康丁斯基	
蒙德里安	克利		

小太陽獎得獎評語

三民書局《兒童文學叢書・藝術家系列》，用說故事的兒童文學手法來介紹十位西洋名畫家，故事撰寫生動，饒富兒趣，筆觸情感流動，插圖及美編用心，整體感覺令人賞心悅目。一系列的書名深具創意，讓孩子們一面在欣賞藝術之美，同時也能領略文字的靈動。

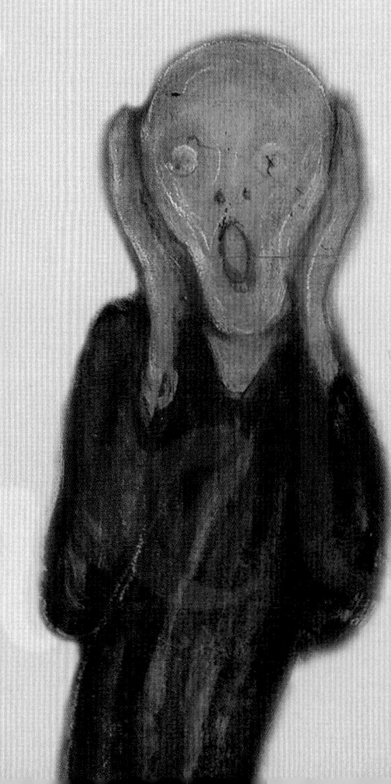

適讀對象：
國小低年級以上
內附注音，小朋友也能自己讀！

創意MAKER
創意驚奇雲

請跟著畢卡索，在各種藝術領域上大展創意。

請跟著盛田昭夫，動動你的頭腦，想像引領創新企業的挑戰。

請跟著高第，體驗創意新設計的樂趣。

請跟著格林兄弟，將創思奇想記錄下來，寫出你創意滿滿的故事。

本系列特色：

1. 精選東西方人物，一網打盡全球創意 MAKER。
2. 國內外得獎作者、繪者大集合，聯手打造創意故事。
3. 驚奇的情節，精美的插圖，加上高質感印刷，保證物超所值！

三民網路書店 會員
獨享好康大放送

書種最齊全
服務最迅速

通關密碼：A6546

憑通關密碼
登入就送100元e-coupon。
(使用方式請參閱三民網路書店之公告)

生日快樂
生日當月送購書禮金200元。
(使用方式請參閱三民網路書店之公告)

好康多多
購書享3%～6%紅利積點。
消費滿350元超商取書免運費。
電子報通知優惠及新書訊息。

超過百萬種繁、簡體書、外文書5折起　三民網路書店 www.sanmin.com.tw